黑丫：

中国作家协会会员

中国收藏家协会会员

曾经踏着诗歌上路，独身行囊走遍祖国
的千山万水，被誉为：中国大陆三毛。
曾经出版代表作《黑发飘飘》填补了
青岛市跛海岸文化史上的一项空白。
诗歌作品：《人间神话》
《爱情神话》《黑丫诗歌选集》
文学剧本：《女人不是港湾》
随笔文集：《为谁流浪》
小说合集：《走过纯情的沼泽》
等多部文学作品。

黑
丫
诗
歌

目录

第一季:我依然在你灯火阑珊处往返

第二季：思念远方那座故乡的老屋

第三季:我的诗歌与雪花一起飞舞

第四季:你是我青藤爬满栅栏的家园

第一季

我依然在你灯火阑珊处往返

我依然在你灯火阑珊处往返

凛冽的寒风挡不住

一股来自岛城的温暖

尘世中那段陈年的往事

久违的在眼前忽隐忽现

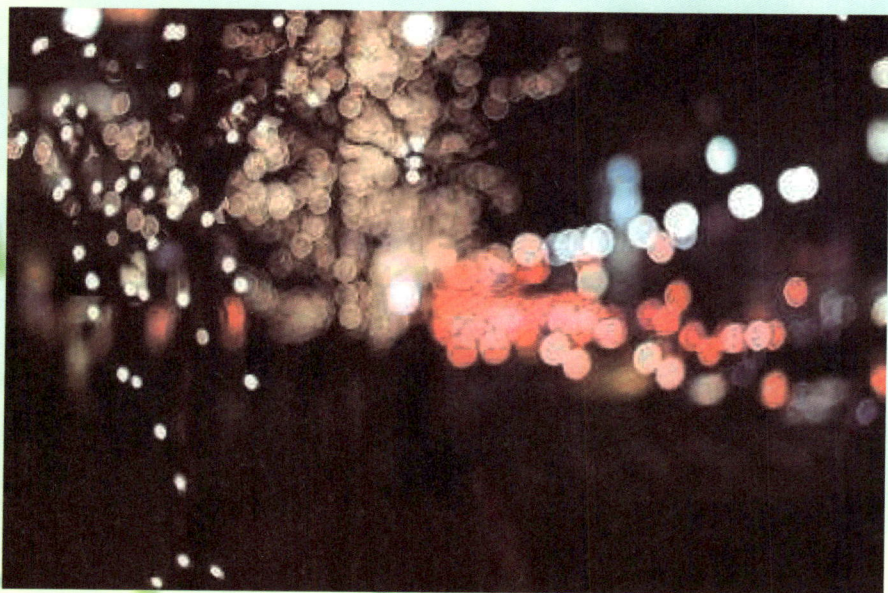

在我螺旋般的记忆深处

有你一滴清泪弹指甩出

穿透了坚若磐石的岁月

停留在我曾经沧海的桑田

我背着行囊远走他乡

你等在原地花开草旺

我们各自守候着流年的巢穴

八面来风抚慰尘埃落定的从前

走过小桥流水的景观

翻过星转斗移的苦难

你在远方挑着一盏生日烛光

始终与旅途上的我隐痛作伴

每当想起你少年的羞涩

我幸福的指数荡起秋千

穿梭在异地的大街小巷

恍惚间有你的身影躲躲闪闪

一阵叹息总是将往事搁浅

一声问候又总是将遗憾填满

你不用等我了

我已经离开了你窗台的视线

一个故事节外生枝地蔓延

一段传奇天寒地冻着哀怨

你不必回首了

我永远在你的牵挂中惊艳

你就这样关注着我的滴滴点点

酸甜苦辣汇集委屈的泪水涟涟

无论多少年不遇不见

我依然在你灯火阑珊处往返

（农历腊月十九是我的生日，每年的这一天，我家乡们的
发小们相聚一堂，为漂泊在外的我遥祝生日，年复一年，
从未间断……）

真爱遗失在淳朴的从前

离开家乡的时候是一个夏天

季节的列车换乘一站又一站

直到带着漂泊的伤痕回到起点

暮然回首你原封不动守候在从前

那些心酸的寒冷往事

再也燃不起心炉的温暖

那些揪心的不堪场面

再也不会误解背叛离去的遗憾

旅途之上劫世累积的爱恨情怨

曾经使深爱过我的人终于走远

我痛楚的琴弦孤独弹响了白云蓝天

飘荡的风筝情怀在我心中牵挂因缘

带着疲惫失落的心情回家乡休闲

恍然醒悟等待留不住的人纯粹枉然

流浪的脚步磕磕绊绊的曲折相连

走来走去走了许多年却画了一个圆

驶离繁华回到家乡的自然怀抱里面

偶然相遇才知道你依旧默守着苦恋

那个遗失的村庄和那个放牛娃的童年

原来就是我寻找千年的真情不离不变

在粽叶艾草飘香的岁月面前

小时侯的粽子又香又甜

长大后的艾草悠荡在心间

美好的往事

仿佛在弹指中轻轻滑落

天涯的友人

在聚首时畅谈着离合的恩怨

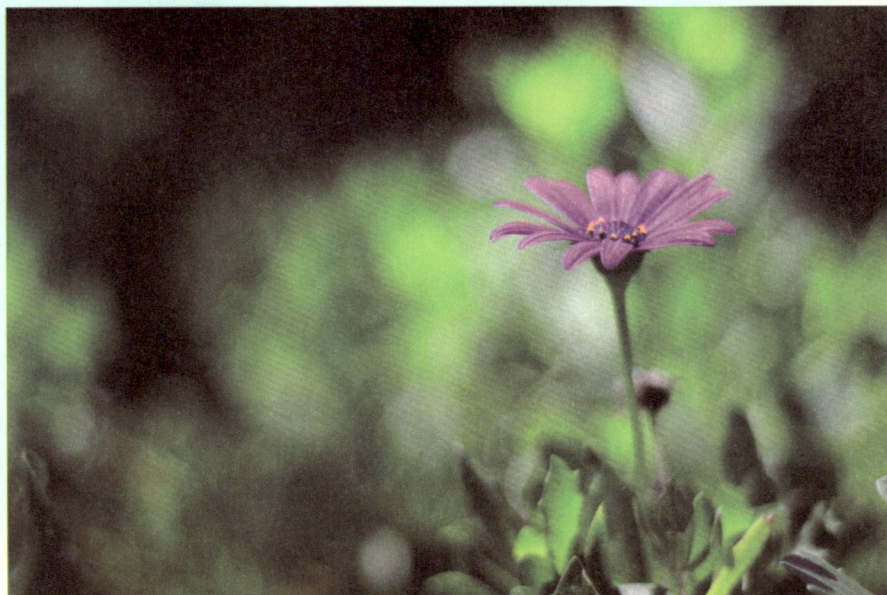

多年以后的今天

熊熊的厨火早已经燃尽了

乡村宁静的袅袅炊烟

喧哗的聚餐祝福里

早已经忘记了那位诗人

投身汨罗江的爱国屈原

在这粽叶艾草飘香的岁月面前

写诗的我一个人静静地

凝望着北京突变的天

百无聊懒地坐在桌前

想写的诗句很多很多

到头来却只是提笔无言

如今，吃粽子的感觉还是很甜

只是品尝的味觉里

已经不再洋溢粽叶的香饯

那些生长在城市以前幽香的艾草啊

在乡村层叠着推进包围的城市里

也早已经于不复存在中——绝版

想吃粽子的时候

大小的购物场所都有买卖的铺面

想采艾草的时候

只能驾车去几十公里以外的燕山

那里也早已被旅游的景点包揽

自由的山水却没有我们自由的空间

尽管我的心情沉重

却已不再杞人忧天

我只是在瞬间想起了屈原

随后想起了跳大雁塔的诗友伙伴

还想起了诗人海子的卧身藏胆

又想起了诗人顾城于异国的惨烈伦还

想起这些啊

我只能默默无言

惋惜里没有当年激情的忧怨

我又想起了那段山盟海誓的婚恋

面对这份变异了的诺言和情感

我只能又一次为自己泪流满面

温暖的棉花

——世界上没有哪一种花比棉花更美丽更温暖；所有的女子如果做到棉花一样的情怀和品德；她就是世界上最美丽最温存最让人钟爱的女人。

在摇摇晃晃中抛头露面

在羞羞答答中遮掩笑脸

青衣素面的你独自开遍

山山岭岭——沟沟坎坎

万花之中你最惊艳

万劫之中你最苦难

旅途之上你最温暖

价格相比你最低廉

你从不羡慕百花娇艳

你从不嫉恨牡丹丰满

岁月中珍藏起满身创痍的清廉

月光下品味着相依相伴的晚年

风吹乱了你的衣袖

你含笑中抖擞着伸展

雨淋湿了你的发鬐

你坦然的昂首沉淀

你于醇厚的土地里生长

盛开着一团团亮亮丽丽的花瓣

你在家家户户的房屋里

黑暗中仿佛点燃着温暖的灯盏

你是仙界里谁的女儿？

苦难中依然眉开目展

你是佛界中哪尊菩萨

世俗里的善恶自然分辨

棉花啊棉花

你是我情窦初开的纯洁之恋

千山万水不能阻隔的思念啊

如今已经开遍了比邻的遥远

棉花啊棉花

你是我回归自然的精神家园

天涯海角守望着的那份牵挂

如今已经在旅途中时光荏苒

今晚的北京没有月亮

行空的天马拴在桂花树下

吞月的天狗在远处摇着尾巴

吴刚的斧子挥舞着花好月圆

嫦娥的眼睛被乌云遮挡了视线

今晚的北京没有月亮

因为我的心开始睡眠

那枚月亮已经被我摘下藏在昨晚

那个与你对话不多却又牵挂的朋友圈

昨晚的月亮真的很美

迷惑的我找不到北斗的星位

你的真诚陪伴着我的率真彻夜长谈

不期而遇地守候在黎明之前的夜晚

今晚的北京没有月亮

仅仅因为是仲秋的节日景观

团圆的时刻却没有了欣赏的虚幻

如同我的目光被天堂掉落的斧头砍断

你究竟为什么要离开我呢？

难道我的信任最终是一场劫难？

生活中你尽显英雄豪杰的侠肠义胆

现实里我仿佛找到了一座安全停靠的驿站

你突然转身地回旋了一场风寒

我的心像过山车般的跌宕惊颤

乌云再也托不住我千江的大愿醉卧酒店

我在最深的绝望里如何接受你瞬息的蜕变

于是，我把自己关进自己的心里

泪流满面地无数次自己问着自己

这难道又是你的一个梦想客串？

这难道又是你的一厢情愿失联？

今晚的北京没有月亮

桂花树下的天马挣脱了缆绳跑远

吴刚掉落的斧子砍伤了我的梦魇

嫦娥的泪水落在我的脸上凋谢了金桂的容颜

今晚的北京没有月亮

那只天狗已经被远方的主人牵上了客船

我的泪水仿佛酒精点燃了仲秋的叶片

焚烧了整个天空一片昏暗的思念

今晚的北京没有月亮

月光菩萨也回到了九天深处的老家团圆

只留下我一个人独饮着岁月在推杯问盏

你阳刚的力量何时来助我扛起诗歌的旗杆？！

2015 年 9 月 27 日午夜（仲秋之夜）

今晚的北京还是没有月亮

在这个夜深人静的时候

我手握的笔一直在忧伤中颤抖地怀旧

那些誓言已经在沉积中蛰伏了纯粹的情义

覆水难收地潮湿着我思乡无常的归期

今晚的北京还是没有月亮

连绵的秋雨从十五前天就开始下起

一直下到十五之后今天的夜里

终于把你淋湿到了另一个无雨的境地

你在我彼岸的远方

向我春暖花开着另一个无极的话题

那种不可一世的豪情壮志

疯狂地向我挥洒着青春无敌的惬意

今晚的北京还是没有月亮

灰蒙蒙的天空失去了往日悠扬的亮丽

就像我的心情被笼罩在你来去的路上

懵懵懂懂地丢失了一条信息的风生水起

你这是究竟要到哪里去呢？

为何又一次撇下我守候在港湾的你？

为何又一次将我遮雨的伞收拢藏起

让我又一次孤独地裸露在空旷无助的夜里

今晚的北京还是没有月亮

有多少人的期盼与我一样在迷茫中升起

有多少游子的眼睛里闪烁着泪光的哭泣

却都是因为你的走失沉淀了团圆的位置

你的离去真的有点让我心生诧异

你甚至没有流露一点隐约的预示

像对待枝头的枯叶一样旋风而起

瞬间将我的诗句魂断在蓝桥旁边的坝堤

今晚的北京还是没有月亮

任凭我的泪水流淌在风雨漂泊的秋季

你为何不在回眸的时候心生刹那的悔意

你为何不再为我爱怜地披上那件紫薇的风衣？

你这是究竟要去哪里呢？

离开我的时候竟然不回头

任我的泪水流遍了天堂的宇宙

直到冲垮了天河之堤被尘世接纳收集

你在大洋的澎湃里跌宕吗？

为何手里还紧紧握着那根缆绳的拴系

你的爱情在水一方花开花谢已经萧瑟

守候的天狗终于趁机吞噬了苍穹的命题

今晚的北京还是没有月亮

……

2015 年 9 月 28 日午夜（仲秋之后第二个夜晚）

今晚的北京就是没有月亮

我敞开关闭了三天的大门

轻轻掩上眺望三晚的窗扇

我终于放下手中写诗的笔

走进这团连绵不断的凄婉情网

今晚的北京就是没有月亮

她已经陪伴着亲人去了另一个地方

那是爸爸日夜奔波回乡路上的目光

那是妈妈挑灯的土炕上缝补的衣裳

就在瞬间我闭上眼睛用心看你

天空依然没有出现你的踪迹

但我还是深深地感觉到你的存在

你正悬挂在九天深处与我对视观望

今晚的北京就是没有月亮

她已经追寻分手的你远去了她乡

那是为你照亮移情别恋的在水一方

那是为你重温失去清纯模样的新娘

苍茫的宇宙深处啊

你知道我在想念远方的亲人吗？

你真的忍心看着我孤独伤心的面庞泪流成行？

于是你就索性为我拉上这片灰暗的大幕天堂！

今晚的北京就是没有月亮

她就在高高的宇宙深处看着我忧伤

她向我撒下清凉的雨露滋润我慈悲的惆怅

她让我安静下来好好想想到底该要些什么

深远的辽阔大地啊

你知道我在望眼欲穿着那条来去的路吗？

你是真的不忍心看到我满腔激情在高处失望

索性引来一场泪水的大雨在此生此夜敲打门窗

今晚的北京就是没有月亮

吴刚的桂花酒没有酿出就醉掉了斧头

嫦娥怀中的玉兔寒冷得浑身瑟瑟凄凉

远方的天狗趴在此岸静静地向彼岸守候遥望

今晚的北京就是没有月亮

只有仲秋的风雨一阵阵一声声如咽如唱

……

2015 年 9 月 29 日（仲秋之后第三个夜晚）

那晚的月亮守候在妈妈身旁

那晚的天空一直在下着雨迷茫

那晚的路灯也在流着泪水迎来送往

那是因为那晚的仲秋没有月亮

那是因为我写了一首诗歌很忧伤

那晚的月亮没有如愿地旋转法轮毫光

不是因为她突然失去了赴约的现场

那是因为净土之上的妈妈思念儿女断肠

那晚的月亮就去了天堂陪在了妈妈身旁

那晚的我一个人很孤独很忧伤

流着泪水终于说出了想念家乡亲人的期望

你一定是听出了内心深处我的独白我的弹唱

于是你对我说：今晚的月亮已经回到了家乡

就是因为你这么轻轻一句话的清凉

我的心顿时被荡起了远在天涯的畅想

我一下子想起了出生东北的江边草房

我一下子想起了挑灯做着针线妈妈的模样

那是一些苦难中流淌着甜蜜的斑驳往事

那是一些幸福中挥洒着青春的倔强飒爽

那是妈妈慈悲的目光将我的脚步拉得又远又长

那是妈妈爱怜的手拴系着我黑发飘飘的缆绳远航

那是一些受了委屈就回家趴在妈妈怀里

哭泣的岁月

那是一些奔波累了就回家偎在妈妈身旁

温暖的时光

那是无论走到哪里都要想着回去的地方

那个地方有一座老屋，屋子里面有妈妈

日夜的守望！

可是，那些时光已经将所有的日子穿梭成网

可是，那些往事已经将所有的诗歌流淌海洋

那是因为妈妈离开我们独自安居在净土之上

那是因为我的思念一直还在梦境里牵挂行囊

如果那晚的月亮真的守候在了妈妈身旁

那么尘世间有可能坍塌一座因缘的高墙

那是因为那晚的我和你都已经泪流成行

那是因为那晚的我和你都已经将深情珍藏

虽然我很少在微信群里聊天消磨时光

虽然许多的面孔也许不是真实的面庞

但我还是被你的话深深地摇撼了惆怅

空荡荡的思念瞬间被真情的安慰填满了空旷

那晚的千家万户在聚餐中开怀吟唱

那晚的车水马龙在街道上霓虹游荡

那晚的我只是守着面前看不见的你

共同感知那枚月亮一定是守候在了妈妈的身旁

那晚的月亮守候在妈妈的身旁

那晚的我和你默默地不再诉说沧桑

……

2015 年 9 月 30 日（仲秋之后第四个夜晚）

第二季 思念远方那座故乡的老屋

思念远方那座故乡的老屋

远方那座挡风遮雨的老屋

是我曾经居住的地方

飘摇的木门没有凿穿上锁的洞孔

敞开的窗户依然透出温暖的烛光

那是故乡陈年的相册

那是故乡定格的缩影

那是妈妈思念儿女的泪水在流淌

那是游子夜里梦回无数次的家乡

远方那座孤独的老屋

昼夜不眠地怀念从前的淳朴

阳光下花香鸟语的频率互动着生态之音

月光里深情厚意的目光拢聚在温暖的土炕

那是就要丰满的月圆之夜

那是已经替换的面孔之别

那是我支离破碎的童年记忆

那是我欢声笑语的天下无双

远方那座破旧的老屋

仿佛依然炊烟缭绕着安详

那扇窗口里面闪烁着的一双双眼睛

跃跃欲试的窥视在期待中张望

那是我童年记忆里的故乡

那是我少年时代的天堂

那是我青春涌动的翅膀

那是我又想离开又舍不得离开的地方

远方那座温暖的老屋

是妈妈那铺烧热的土炕

炕上的那卷手编的草席

紧密相连地纠结着爱的徜徉

那是栅栏上爬满的牵牛花

那是少年邻家哥哥羞涩的面庞

那是想起来就泪流满面的牵挂

那是我长发飘成缆绳的眺望

远方那座魂牵梦绕的老屋啊

如今已经找不到你最初的模样

如同我流浪初始的纯洁梦想

向着幸福出发的路上不断地调整方向

生死相恋

站在高高的山坡之上

静观尘世的种种哀怨

枝枝杈杈坦然书写着轮回夙愿

任凭世态凡夫茫然的指指点点

你们曾经一根相生

你们曾经一脉相通

你们曾经一心相连

你们曾经一命相牵

究竟是什么业障使你遭受灭顶之灾

究竟是什么因果又使你们破镜重圆

你经历了一场瞬息万变的霹雳之难

你们还依然荣辱与共携手朝夕相伴

伫立在你们坚韧豁达的诸相具足面前

我的心灵被蜜蜂蛰伤得痛彻心扉地震撼

望着你们割舍不断又缠绵相连的生死相恋

恍若找回了遗失在岁月深处的那份温暖的遇见

（2015 年 3 月明长城边偶遇奇树有感）

你是我生命的雨点

你是我伸手捧住的一滴雨点

光芒折射着彩虹绚烂的虚幻

直到你在我的窃喜中突然消失

只留下一泽蛛丝马迹的印鉴

真的很恍惚不知去何处找你

我的身心疲惫着梦回客栈

只好在原来的路上等你回转

牵我纤巧才情的手继续向前

我真的非常需要你的陪伴

因为你是我生命的源泉

尽管你渺小的只是一滴雨点

却能给予我浩瀚的滋润和波澜

你是降落在我手中的一滴雨点

捧着你就像捧着珍贵的初恋

从此一笔勾销了的爱恨情怨

在与你相守的纯净里苦不堪言

你是一滴降落在我手中的雨点

凡尘的苦难使你重返九霄宫殿

我仰望你时恰是深沉的雾霾阴暗

如同我的心在尘埃的路上左顾右盼

你什么时候再次降落啊我的雨点

我再也不会将你轻易地蒸发不见

你是我的田园我的爱情我的蓝天

你还是我的诗歌我的唐诗宋词典

我等你来执手篱下

你在哪里？

千呼万唤不见你的踪影

于是，我从睡梦中哭着醒来

泪水湿透了同床的枕里

你去了什么地方？

远远地听见了你沉重的脚步声

却还是看不见你延伸的返航旅程

我的心随着古琴的流畅遗失在雨季

你还来么？

我蹲着等你在儿时的老屋墙下

那株淡紫的青藤爬满了屋檐的瓦砾

锈迹斑驳的窗口依然为你敞开着心底

你怎么了？

你是忘了我那双承诺你的眼睛

还是在回来的路上突发了擦肩的碰撞

只留我一个人守在这里等你降临奇迹

你还是来吧

带着你全部家当的诚意

在我席地而坐的禅吸里悄然入眠

不枉我守候着风雨兼程的半个世纪

你来与不来

早已不再是我万般的惦记

我的心此时已经根深在了篱下

独自里里外外地打理着风生水起

你一定要来啊

我的灵魂为你洗涤的纯粹透体

天籁之音穿透雾霾的诡秘城市

飘落在我等你的篱笆女人和井里

我等你来，执手篱下

涅槃的烛光点亮梦醒的境地

左手是拐杖支撑缘起的灿烂创意

右手是繁华落尽缘灭的红尘皈依

蓦然回首你还在那里

——千万里追寻着你的足迹

拢一瀑黑发飘飘傲视天下

提一裙行色匆匆加快步伐

我从幽深的前世追寻着你

向今生跟随身后的你携手白发

寻你在每一个分流的路口

在每一个瞬间的觉悟刹那

从你在黎明前默然的长叹

到我黑夜里松散开来的静雅

你于前世带着我的梦告别

让我碎了一席幽境的想法

你挥手撒下那簇拢天的渔网

是否还在打捞着我无畏的神话

你满脸的络腮胡须白了

暖我一世的似水柔情羞羞答答

你健美的青铜之吻

滋润我一生深情的牵挂

我知道你没有走远

你哪里舍得把我抛下

你就是太累了太累了

卸下了那座圈住你心的府衙

你走走停停回眸观望

生怕把我扔下是吗？

我知道你守在路口等着我

等着我携手篱下安家种花

我就这样一路追随而来

从前世的漫长到今生的迷茫

而你又总是在光芒的笼罩里

让我眸然回首你还在天涯

你到底对我隐瞒了什么秘密

让我的心如此不甘地所向披靡

最终你还是涉水而去

守候在彼岸等我摆渡回家

……

你是我夜晚中的那轮月

——给远方的你

你在天涯出现的时候

忧愁成一弯残缺的心瓣

遥望着我在远方驻足的家园

牵挂我的心若隐若现地伤感

你在海角出现的时候

圆满成一张幸福的笑脸

注视着我品茶读诗的率真场面

期盼我梦想成真的实现诺言

当你突然消失的那些天

我的心情在恍惚中忐忑不安

温暖的烛光化成漫天的星斗

闪闪烁烁着我思念你的泪斑

千里之外的那个你啊

就是我心目中那轮纯净的月

阴晴圆缺始终静静守候着夜晚

不离不弃地将漂泊的我默默陪伴

在午夜我与你接通了
无限空间的能量场

清静的午夜飘来你天籁的梵音

如同一场飘然而至的甘露雨

那些晨钟暮鼓般的禅唱

来到我繁华深处霓虹闪烁的门旁

你的阴霾就是我的忧伤

你的灿烂就是我的辉煌

我在沐浴你的恩泽之下写诗

字字句句都闪烁着你的智慧你的无量

你在天堂巡视俯瞰着浩渺的海洋

你游走地狱探望苦渡劫难的哀伤

经过我午夜亮灯的窗口

你顿时想起了与我约守千年的时光

我常常在午夜醒来异想天开

遥望九天深处的星空诡秘思量

恍惚中朦胧的记起那些遥远往事

你是我曾经穿在身上的针线衣裳

是你遗失了我的初心么？

还是我在失忆中将你忘记在原来的地方

那一根根纤细的如同光缆的波澜长线

任凭风吹雨打的挣断都不能损伤彼此的心脏

你究竟离开我有多少年？

让我遗失在尘世独自彷徨

你究竟什么时候能回到我的身旁

护持我与我接通你无限空间的能量场？

午夜的梦想还没有来得及辉煌

因为我还醒着一双眼睛寻找光亮

天边有一颗流星潸然划落

预示我一定会找到与你接通无限空间的能量场！

此时此刻我已经感觉到了你呼吸的韵律

此生此世我已经找到了你必然经过的路上

因为我诗歌浴火重生的风生水起

还需要与你接通无限空间的能量场！

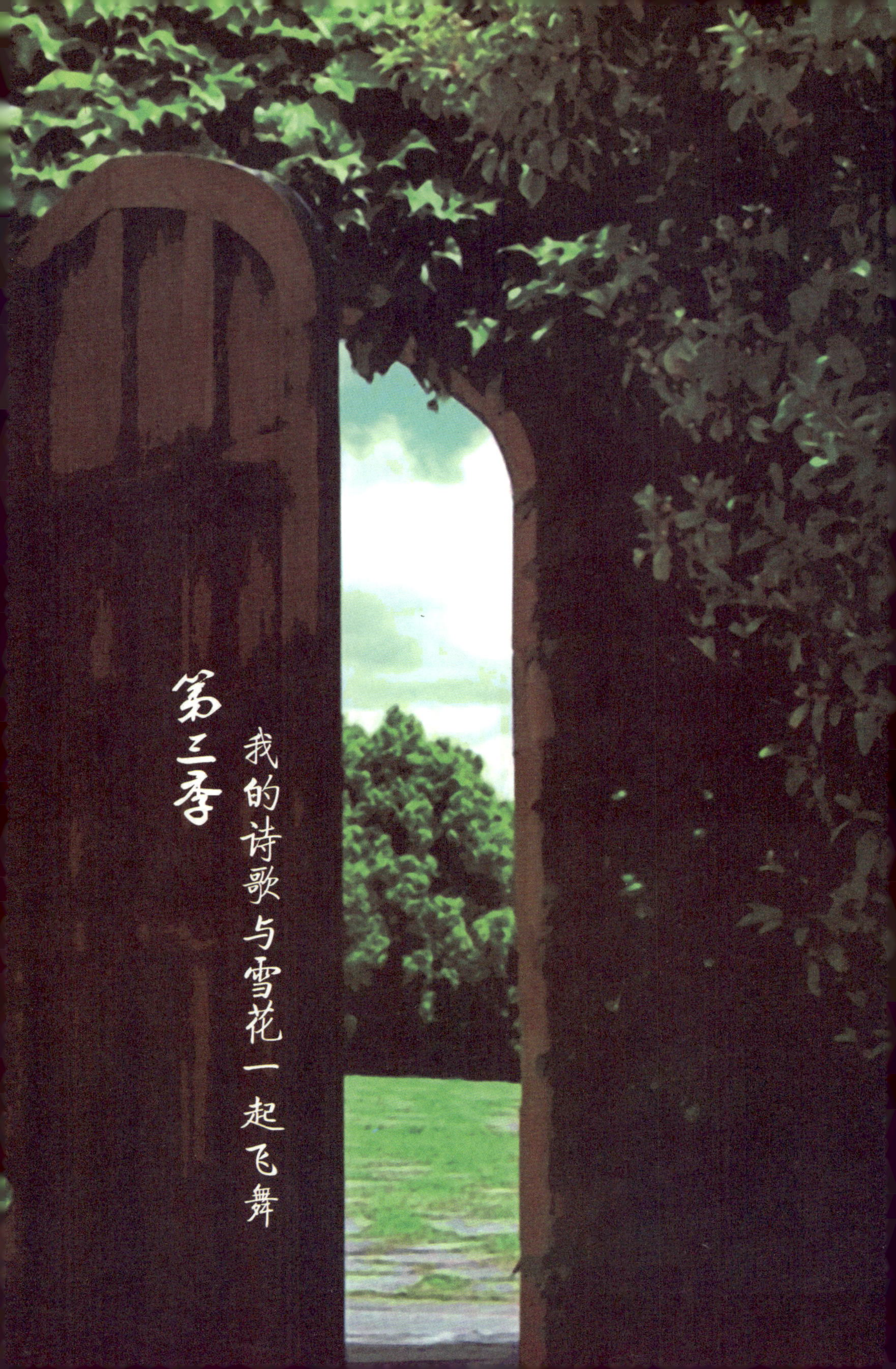

第三季

我的诗歌与雪花一起飞舞

我的诗歌与雪花一起飞舞

我在天地之间孕育了多么久

一直苦苦等待慈悲的手

将我皈依过滤之后深锁缘由

再次将我纷纷扬扬在重生的枝头

九天深处有我无量劫以来的守候

唐诗宋词在碰撞中新生才子甲秀

终于在这个深冬的清晨新书出版

我的诗歌与漫天的雪花一起降落喜忧

沏上一杯香茶暖手

依窗看着雪花静美的飘飘悠悠

仿佛看见你踏雪而来的身后

那串清清浅浅的脚印将爱情追究

我诗歌的文字是一片片凤羽

九天之上随雪花飘扬着衣袖

那一朵朵雪花潜入飞翔的翅膀

句句都是炫舞春秋的海鸥

下雪的日子想起与你的相守

窗外飘来的都是有关你传闻的利诱

重温那些默默相伴岁月的携手

如同一帘幽梦落在牧场的草白

我的诗歌曾经是九天之上的甘露

伴着寒流绽放出漫天的清秀

在我降落的旅程跌宕着显密双修

飘飘洒洒绽放着奇妙冰封的歌喉

破茧而出的蝴蝶无畏生死所有

炫舞一场短暂的圣洁之恋的春秋

纤尘不染的诗句从你的丰盈里飞走

伫立在我铺满稿纸的桌上继续绿幽

我的诗歌再次绽放生命的歌喉

一首首都是青春清爽的雅秀

一行行都是年轮畅想的怀旧

一字字都是无边无际的硅谷深厚

你的声音已经在灭盘中关闭气候

仿佛芬芳的雪花已经没有嗅觉的回眸

到处洋溢着水的无声无香无味的流淌

如同诗歌的青春永远不落尘埃的道友

我的诗歌相约雪花飘洒着神秘漫游

在寒冷的季节纷纷飘落空灵的忧愁

漫天的雪花是诗意的甘露凝结霜花缀头

发卡归拢我冷艳的风姿孤独等待在渡口

品茶看雪写着你的时候

漫天的雪梨花开开遍我梦想的空行母后

一纸冰清玉洁的诗词浓缩着你驻世的理由

伫立在我咫尺的天涯将梦幻泡影静谧地渗透

遮天蔽日的雪花飞出坛城的九州

倾城之恋的诗歌相约韵律的歌喉

在寒冷的冬季解开那件古典的衣扣

回眸一笑轻轻飘落在无眠的床头守候

我在田园深处等着你

你来与不来

我都在田园深处等着你

这里四季如画

这里绽放天涯

你来与不来

我都在田园深处等着你

这里阳光明媚

这里月光潇洒

你来与不来

我都在田园深处等着你

这里淳朴自然

这里意气风发

你来与不来

我都在田园深处等着你

这里四面来客

这里八方人家

你来与不来

我都在田园深处等着你

这里爱心永驻

这里情满夜话

你来与不来

我都在田园深处等着你

这里老屋依旧

这里老树开花

你来与不来

我都在田园深处等着你

这里繁华落尽

这里咫尺牵挂

你来与不来

我都在田园深处等着你

这里港湾静谧

这里缆绳抛洒

你来与不来

我都在田园深处等着你

这里忧伤剥离

这里爱情无瑕

你来与不来

我都在田园深处等着你

这里黑发飘飘

这里思念净化

你来与不来

我都在田园深处等着你

这里风生水起

这里诗歌挽霞

你来与不来

我都在田园深处等着你

这里初心还在

这里如来莲花

在家乡竟然与你不约而遇

多少年了没有你潇洒的身影

多少年了没有你纯朴的笑意

在家乡竟然与你不约而遇

你闪烁的眼睛里居然还有我的魅力

多少年了没有相聚的敞开怀抱

多少年了没有离别的肩膀偎依

在家乡竟然与你不约而遇

你还是把我写在你的手卷首页传递

在家乡竟然与你不约而遇

没有惊诧没有心悸没有迷离

点滴的回忆也都随着你的离去飘移

甚至都懒得再用窥视的目光打量你

就这么与你静静相对默默而立

没有讽刺没有幽怨没有好奇

仿佛一切都已经尘埃落定了时光飘逸

再也没有了那份跌宕起伏的曲折心思

是因为你离开了那个特殊的环境吗？

是因为你回到了这个初心的家乡里么

你竟然变得温文尔雅关照着我的点滴

那顿饭吃着你夹我面前的菜和流出的泪滴

在家乡竟然与你不约而遇

已经没有了那份相逢的质疑

你好像是我生命中的一位漫游的过客

我仿佛是你旅途之上路过的那枚花枝

看着你的时候我心静谧

我的目光已经不再追寻外套里面

那件洗过多次的柔软的雪白衬衣

我知道你可能已经永远很早地遗弃

与你坐在一起用餐的时候

我已经不再心疼你为我点菜的奢侈

看着你忙前忙后心满意足的惬意

我知道你再也不会有路边小吃摊上的兴致

在家乡与你分别的时候我心凉透体

从你送我到路口的坦然挥手瞬间里

你和我彼此之间已经失去了相吸的原理

再也不会有那份不舍折磨着我牵绊着你

在家乡竟然与你不约而遇

彼此的梦里却出现另一个影迷

匆忙中离开你已经转化为亲情般的关系

捧在手心里的那份爱情已经碎了一地透明的玻璃

你是我一壶从前世陈列到今生的酒

你是一壶存放了千年的酒

在我面前陈列着前世的漂流

那一池澎湃的海浪呼啸而来

渡上我彼岸的沙滩不再游走

你用尽了前世的能量储存漂泊的河流

又用尽了今生的精力倾入大海的归咎

于是，远古的谈笑之声伴随红尘而来

车轮滚滚碾压了一路风尘的折扣

你从大唐的殿堂豪饮不羁着挥袖

又从北宋的征战里挥洒热血断头

鬼谷子的青花罐里有你仙人指路的道友

清明上河图里有你纵横交错的渠沟

满清颤悠悠的脚步一个醉态的趔趄

就将万里河山顷刻之间打翻在地头

纵然有北洋水师的浩浩荡荡地收敛

也没有将你鼎盛三百年的粮仓囤够

你在民国的十里洋场徘徊着品鉴愧疚

西装和旗袍结合出一双双幽雅的回眸

文人墨客开始豪饮你的胆量轮番上场

剧情里总有你伤寒的模样在虚度春秋

我拥有你的时候在最短的时光里泪流

一壶陈列的风景将我的目光掠夺在脑后

我端起你来却没有喝你欲望的自由

久久地凝视着你已经沉淀醇厚的琼浆忧愁

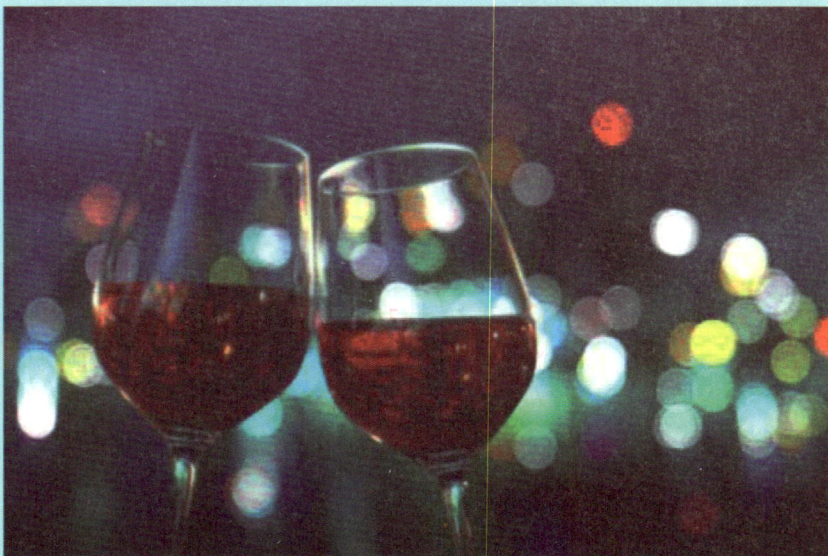

在无意之间就将你缘起收纳囊中带走

那些泪水已经流掉了继续姻缘的尽头

也许你在懂与不懂的间隙中喘息回眸

那幅扭曲的画像愣愣地看着你握笔的手

我的心在你无声的淡漠里丢失了渡口

刹那封存的固体液体混合点燃了一地的火球

一杯相思的味道从前世品到今生无欲则求

我抿着火辣辣的滋味看落雁无声尝涛声依旧

你就是我一壶从前世陈列到今生的酒

你就是一壶从前世陈列在我面前的酒

默默地注视着我今生独处的忧伤

从茫茫的戈壁草原来到再别康桥的彼岸

我在水一方遥望着你泪水涟涟地流淌

我向着你高山流水居住的方向

敲打着键盘向你轻轻弹起古琴的梵唱

你是否还守在我无眠的夜里神往

从不同的方向投过来相同的目光

今生在拐角的路口遇见你

一定是我在前世将你揉碎了心肠

于是，你在今生把自己酿成了一壶酒

让我在如醉如幻的梦里想象你的模样

我把你丢在了什么地方？

找不到你的时候我点亮了一盏烛光

你却把我的心掰碎了四面八方地生长

让我束手无策的守在田间地头看着你金黄

仅仅为了讨还我前世里欠你的情缘么

一粒一粒的心语调和着一滴一滴的泪珠

谁的手将你酿制又经过谁的手将你窖藏

连考古学家都拼凑不齐你何处来历的方长

就像在那间灯红酒绿的酒吧深巷

那对空着的酒杯在诉说着孤注一掷的彷徨

角落里飘来那束通灵的目光斜视着离开的影像

这是一对孤独的男女已经去了缠绵的客房

你就是我一壶从前世陈列到今生的酒

让我在今生的孤单里柔情似水地流浪

寸断的肝肠已经伴着圣洁的莲花修复纯净

却再也找不回来我们过去相依相伴的时光

你就是我一壶从前世陈列到今生的酒

于凡尘里留下数不清的风情万种的猜想

你有多少次狂欢后的落寞在无聊中离去

我就有多少份寂静里的安放在飘然升降

你就是我一壶从前世陈列到今生的酒

我守着你的时候就像你在身边安详

所有的思念都牵挂成面前的静止冥想

我想拥有的这份爱瞬间在释怀里放浪

你就是我一壶从前世陈列到今生的酒

我即不会将你典当也不会将你开启品尝

即便你在陈列的过程蒸发成空旷的心房

我就这样静静地守望着你与你一起天老地荒

你是生长在我心田的那株荷

你一叶绽放禅静

你一花独开笑靥

你一心相通爱恋的情缘

你一根相连着我的诗坛

你在水一方思念彼岸

你在天一边牵挂家园

春来秋去的日历任意翻卷

你撕心裂肺地期盼团圆的这一天

你在睡梦里都轻轻呼唤相见

你泪流满面的时候笑着震颤

因为相思不见佳期归还

你只能低头怀念水卷珠帘

你出淤泥伫立在水面期盼

你濯清涟挺立在浪尖怀念

你花朵片片迎风招展相伴

你梵音滚滚来自九天深处和大洋彼岸

你是中通外直的枝干宁折不弯

你是叶蔓包涵着滴滴晶莹的苦难

你是花朵向着天空倾诉慈悲的大愿

你是根根链接着我的深情藕断丝连

你于天地间繁衍着传世的清廉

你于湖泊里荡漾着贞洁的不染

苍天睁大眼睛惊奇你粉妆素裹的庄严

大地敞开怀抱默默地表达对你的爱恋

你一叶铺天携相遇于心田

你一花盖地踏相伴于连绵

你是生长在我心田的那株荷

汪洋的相思凝聚成一滴清凉的世界大千

你是生长在我心田的那株荷

浩瀚的深情绽放在咫尺的池塘里面

即便漫天的飞雪覆盖了你和我的容颜

你在我心底冬眠我温暖着你共同等待春天

我的家乡坐落在山海相连的地方

那年还是儿童的时候回到你的身旁

守候多年与你相依相伴着花开花香

少女的梦境做在了天涯海角的远方

背着行囊离开你的时候将长发梳成了诗行

对家乡的思念就是行囊的重量

两根背带就是两座珠山的肩膀

包裹里装着的是汪洋深情的海浪

一层一层推着我的脚步迈向诗意的天堂

行走之间我从来没有将你遗忘

望断的天涯有你风云变幻的霓裳

每到一处都将你移植着观想

山海相连的地方展开一双飞翔的翅膀

那就是我思念着越来越远的家乡

她在远方昼夜关注着我坚守的战场

我所有的文字被双珠山穿成佛珠捻成包浆

我所有的诗集被西海岸的金沙滩淘成辉煌

风尘中有你山一样的守候在远方瞭望

宛若妈妈四季的脸庞在慰藉着我的惆怅

痛楚里有你海一样的怀抱向我铺开了软床

仿佛爸爸的胸口温暖着我世态的创伤

想你的时候我握笔如琴弹拨云水流畅

牵挂就是一份回味无穷的幸福典藏

念你的时候我折叠往事翻扣镜框

割舍就是一种痛彻心扉的离别景象

每当风霜雪雨敲打着我千里之外的门窗

你的身影站成琅琊台顶仙人指路的守望

每当夜深人静天空布满群星闪烁的目光

你的慈祥笼罩着我跌宕起伏的山海梦想

站在繁华深处的都市渴望你宁静的安详

恍惚之间已经将你深入经卷般地珍藏

晨钟暮鼓一阵阵撞击着我思念的忧伤

落笔时有你一滴清凉的泪珠落入我铺开的纸张

再回首你还在珠山之上恩典浩荡

再告别你还在西海岸边螺号吹响

我的行囊无论背出了多远却还在你的身边存放

我的思想无论茂盛了多么久还在你的心里流浪

离开你的岁月我漂泊中寻找诗歌的方向

你是故乡的妈妈给我四季分明如愿以偿

回到你的身旁我被纯朴的乡音过滤风霜

你是故乡的爸爸张开臂膀揽我豪情万丈

你的温柔在山坡上心花怒放

一片片杜鹃惊艳着我诗歌的芬芳

你的怀抱在波涛里扬帆起航

一声声呼唤回荡着我初心的向往

就这样在一个又一个梦回的家乡远方

我顺水而下捞一片花瓣拈指间的清凉

渗入心扉的诗句在一个又一个的唯美现场

一字字一句句一行行一段段被我提笔成章

那年那月那个无眠的晚上

那个身边的你决定陪伴我云游四方

牵手之间就离开了山海相连的家乡

从此我与你回眸一笑的刹那就痛断了肝肠

那段姻缘奔波在浪漫的街巷

那份纯情圈起了无数羡慕的围场

意外的邂逅逃离了坚守爱情的城墙

紧扣的诺言却在一夜之间魂飞魄散了心房

就这样与你擦肩而过不忘来去的匆忙

就这样与你若即若离独守岁月的沧桑

如同我的诗歌从你山脚下的身旁出发

往返之间一路漂泊在大海边随风飘扬

在黎明前的黑暗里思念你挥洒的月光

你是我寂静夜晚里无量星系的梦幻影像

在春暖花开的季节怀念你笔墨的原创

你是我千万里海纳百川回归家园的船舱

因为有你山海相连的地方就是我的家乡

那些传播我故事的片段依然还在远方流淌

因为有你的模样经常浮现在我的面庞

那些我爱情的忧伤依然还在远方生长

我的家乡坐落在山海相连的地方

那里有我挚爱的亲人和预留的客房

我是你牵肠挂肚的游子回来短暂的疗伤

再次横跨千年的梦想为你登台摘取荣耀的星光

第四季 你是我青藤爬满栅栏的家园

你是我青藤爬满栅栏的家园

从我记事的那一年开始屈指数着

青藤就随着我的记忆爬满了院落

那些向上的枝蔓纵横交错着情投意合

瞬间就缠绕了我满怀宁静致远的生活

那年外面的信息摇落了那晚的夜色

如水的心思挥洒在心头爽约的清澈

忧伤的记忆恍如隔世般的情景迷惑

尘埃飘起遮掩了曾经一见钟情的承诺

分别的小路牵动着远方的角落

如烟的岁月在弹指的瞬间随风漂泊

当我回眸再看你一眼的时候

你依稀仿佛还在彼岸从未来过

红尘中你长成一株青藤的风格

缠绕时光的距离来去无踪地消磨

我转身而去的时候被青藤拉住手镯

恍惚之中你看着我不知道该如何解脱

青藤缠绕是梦是醒没有时间限额

灵魂孤独地爬满光阴深处的架设

栅栏安静默守着千年不变的承诺

清清浅浅的文字时隐时现着花期的雕琢

就这样慢慢地将我遗弃在风霜的角膜

青苔覆盖的石阶小路歪伤了谁的脚踝

魂牵梦绕的藤蔓缠绵了谁相思的焦灼

你曾经是我的青藤又爬满了谁的院落

初春的脚步踏响了谁的心窝

足印渐起又迈进了谁的房车

诗词歌赋在暗香的涌动中次第放学

天籁的原音被写进雨季流泪的诗歌

遇见你的时候已经是黄昏的秋末

我将一株青藤的禾苗种进心田的角落

那些陈年往事的故事爬满了篱笆纠结

那些悄然绽放的期望跃跃欲试着离合

清清淡淡的时光仿佛我的流浪冬蛰

明明亮亮的诗行如同我的行囊摇曳

深深浅浅的花叶在绕指缠香中飘雪

丝丝缕缕的藤蔓都是感触中的笔墨

你为了给我一个青藤爬满栅栏的家园安歇

你就昼夜不停地往返在打工的路上奔波

白天的阳光在你的指间捻过流淌着清澈

夜晚的月亮在你的梦乡洒满清凉的小河

季节在更迭中纷落着叶片彷徨着寂寞

思念在繁华中缠绕着花朵分享着苦涩

如初的家园在尘埃中渐渐掠过眼前的风波

却遗忘了疯长在院落里的爱情恰似原始部落

我的深情依然在执着中默守承诺

你的牵挂依然在游荡中红尘劫色

漂泊中的家园在我的面前宛若阳春白雪

昼夜的维护来不及修复你变化中的洒脱

青藤的翅膀扇动着我的夜长梦多

栅栏的家园围绕着你的风水宝座

我昼夜不息地向着远方眺望无眠的星河

你离开我的时候是否真的感到轻松快乐

你在蜕变的徜徉里始终将目光远射

不再想着回去弹唱那首怀旧的老歌

而我却在走遍了千山万水之后的何以笙箫默

依然渴望回到青藤爬满栅栏的家园独守岁月

梦醒时分回家乡看你

在那场午夜的梦里

梦见你呼喊着我的名字

声声沙哑着撕裂黑暗的宁静

你要告诉我一个惊天的秘密

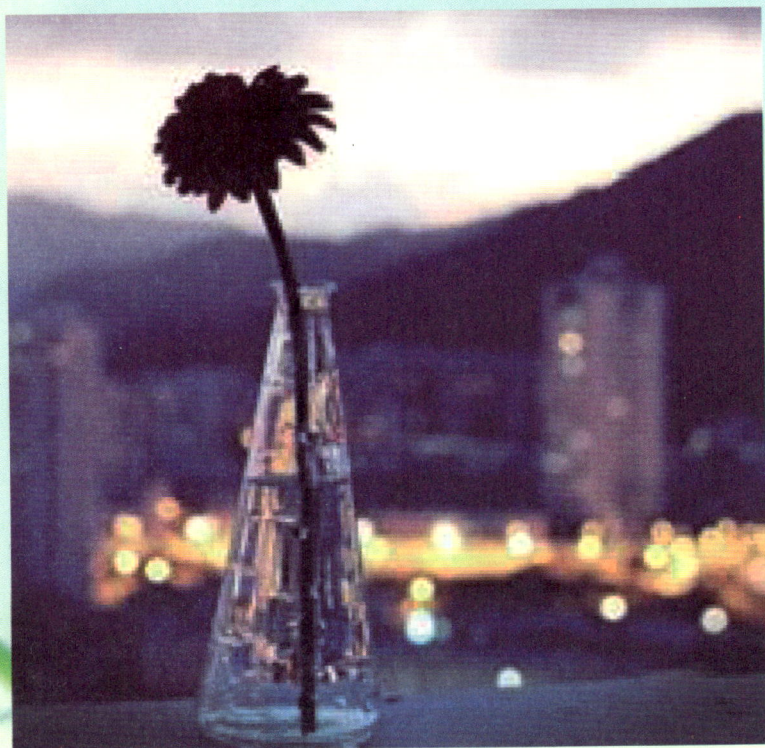

梦醒时分

惊恐而起

摸一把额头

汗水已经湿透了发鬓

就为了梦境的故事

我整装火速出发

一路之上晃晃悠悠

脚下的油门在踩踏中轻重不一

敲开你的门

你一脸惊诧的迷离

打量着我的突然出现

竟然目瞪口呆地惊喜

你没等我开口

先说了一句：昨晚刚梦见了你

我坚守的情怀城池

顿时城门打开了泪滴

你拍拍我的肩膀

又拢拢我的长发

最后捧起我流泪的脸

狠狠地刮了一下我的鼻子

你是我前世发小的伙伴

守在我今生家乡的境地

无论我走遍千山万水

总是为我送来守望的归期

你说这几天感觉我很忧伤

梦境里面都是我哭泣的泪滴

你说你不敢打电话给我

怕我路途遥远回来又累得无力

一次次短暂的相聚始终无题

一个个彻夜难眠的交心鼓励

就这样被一个个荒谬的理由穿起

倾心的交流温暖了彼此的慰藉

谁说发小的伙伴不会天长地久

谁说隔阂难以链接相通的心事

你和我少年分别的云烟话题

几十年后依然谈笑风生地说起

我们一起爬山感受叶落归根结底

我们一起看海倾听澎湃的力量无微不至

不同的只是不再莽撞地感叹无常地变幻

相同的只是评说着家乡在点滴中完善的创意

你说我的面容依然率真彻底

你说我的诗歌依然鲜活亮丽

你说我的情感依然纯粹无与伦比

你说今生今世怎么会有我这种才情的女子

望着你说来说去都是我的话题

突然明白了你的用心良苦之意

原来你一直在默默地关注我的点滴

原来你知道我近期迷失了情感的原始

梦醒时分回家乡看你

看你的时候竟然没有距离

暮然回首的时候你消失在我的面前

原来我是回来看了一遍发小的自己

亲情岁月

——致我们亲爱的小姨（生日读诗）

你笑着的时候

甜美的酒窝盛满快乐的往昔

滔滔不绝地讲述着亲情岁月

再也无处拴系的故事

那时候的你

是我童年时光那个肩膀上披着垫肩

牵着麻绳拉着独轮车爬坡赶路

汗流浃背中气喘吁吁的小姨

我漂泊的途中去看你

你的身姿还是那么的美丽

只是在那些斑驳的泪光里

多了一份牵挂亲情的心思

多年以后回家乡

再次见到我们的小姨

忙忙碌碌的身影依然热情洋溢

只是躲闪的眼神里增添了惆怅的迷离

我移居他乡的时候回去看你

你已经有了几道皱纹的年纪

开门相见的瞬间里

多了一些寒暄中的客气

小时候你在亲情的呵护下

无忧无虑长大的小姨啊

陆续中你挚爱的那些亲人都逐渐远去

痛苦中的你只有深陷在往事的回忆里

晚辈们面对泪流满面的你

不知该用什么话语来安慰你

你在轻轻的叹息之后

将自己深深地锁在时光的隧道里

凭着怀念过去幸福时光度日的小姨

人情的冷漠已经是一个不争的现实

亲情的来往也只是仅仅依靠着

陈年往事的回忆来延续着维持

你说你的一生很无奈

这只是你情绪失落时的自责反思

因为在这个世界上还没有人

在亲情得失里算得出好与坏的结果命题

小姨，今天是你的生日

我在众多的亲人面前对你说

别再忧伤了我们亲爱的小姨

这么多儿女相聚就知道我们是多么爱你

我还想对你说我们的小姨

生命只是一个因缘的转机

生活只是一株渡江的菩提

亲情的永恒需要我们在包容中互相维持

笑容里，你是我们温柔的小姨

泪光里，你是我们揪心的娘亲

亲情里，你是我们遥远的牵挂

生命里，你是我们天涯的迁徙

写给远方的你

远方的你

是否握一枚线团

将遥远的我

一圈圈摇向你的面前

其实我就是你视线中

那端的纸鹤

你就是我心里面

那块荒芜的稻田

其实我就是你瞳孔里

被平行延伸的道轨

逐渐逐渐的从天际彼岸

滑向你的身边

而你仿佛那颗流星

在闪烁的瞬间划伤了双臂

逐渐逐渐地愈合

开始向我挥手呼唤

尽管我来看你非常的突然

此时此刻我已经泪水洗面

你是否感觉到手中的线团

已经开始丰满的沉沉甸甸

那么在我将要到达终点的时候

我真的非常感激这趟温暖的列车

它将我们的久违了的思念

深情厚意地对接表达和再现

如果你真的还不相信因缘牵绊

你的意念就随着我朝车窗的外面看

那一闪而过的雪掩着村庄

那一座座隐退的冰封小站

一路上留下的一份份思念

表达不尽的情怀若隐若现

原来我和你的距离

只是被这一线相牵

即将相逢的时刻

也是分别的时刻

你和我即便彼此拥有一份牵挂

何必在意追溯着是握是放的渊源

如果握你

是想营建一座精神的家园

如果放你

是想开阔一下天外的视线

就在这份若即若离的心情中看你

带着彼此远方的消息亮点

你和我总是在失意时匆匆忙忙的往返

你和我总是在相逢时充满无言的哀叹

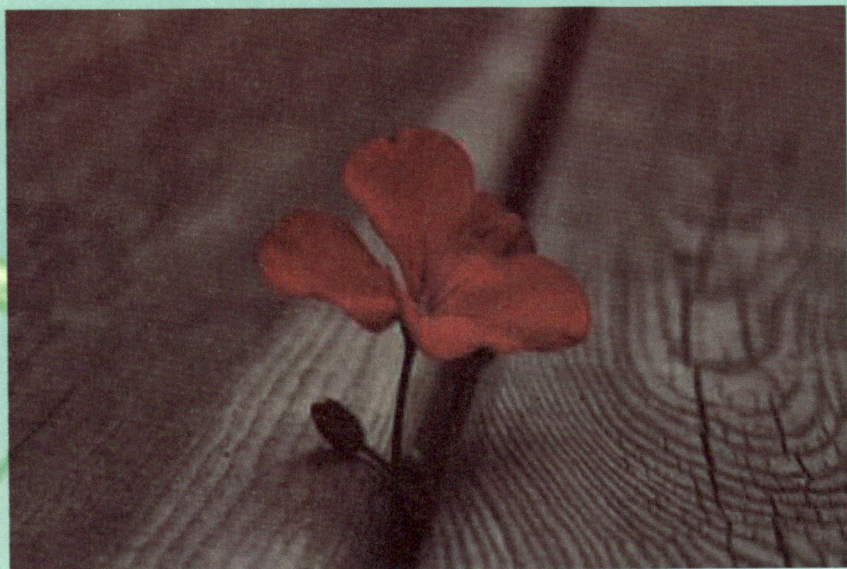

如果说命运真的是擦肩而过的车站

那么我和你的人生是否就是这趟列车

从起点出发向着终点循环

因为还有远方所以还有聚散

（2005年元月11日起草于2537次列车，

修定于吉林辽源宾馆）

您离去的这么匆忙

——以此怀念张家二十年相守的父辈

您是一株世外的奇观

在凡间历尽世态炎凉

于是您选择拔根而起

去天国的净土继续生长

爸爸啊爸爸

您高高在天堂之上

可否看见我们的泪水

已经凝固成漫天的冰雹

难忘您青春驻守的硝烟战场

难忘您抗战岁月的激情时光

难忘您平安时期的宽广胸膛

难忘您乐观向上的仁慈海量

爸爸啊爸爸

您远远在九天之上

可否听见我禅坐中冥想的心房

已经链接着西方三圣梵音的诵唱

您离去的这么匆忙

也许是因缘注定的过往

那么我只能折叠起满怀的悲伤

怀念您成一首心碎的诗歌凄凉

爸爸啊爸爸

您虽然人丁兴旺儿孙满堂

却依然有一份心事深深埋藏

却依然有一份牵挂没有释放

您离去的这么匆忙

我在惋惜的悲哀里痛断肝肠

擦去泪水重新拓展善待的目光

认真面对所有生命的轮回无常

爸爸啊爸爸

千言万语表达不尽我滴血的哀伤

您曾经爱怜的目光宠爱着我的任性倔强

您曾经慈祥的面容关注我多愁善感的脸庞

您离去的这么匆忙

匆忙的忘记留下对我的语重心长

您可否预见了我的爱情折断了翅膀

您是否还能看见我孤独流泪的影像

爸爸啊爸爸

您离去的这么匆忙

您为什么不能等我诗歌再次飘扬

然后回到您的身旁尽一份儿媳的敬仰

您离去的这么匆忙

匆忙的没有来得及换上您喜欢我买的衣裳

匆忙的还在自言自语着自己看不见的日光

不经意想起您的音容笑貌我就哭醒了梦乡

爸爸啊爸爸，您容我的漂泊追逐梦想

却没有挽留我流离失所的归期回访

我专程来到经常禅坐的道场诵经燃香

转动所有经筒为你往生净土超度今生的迷茫

2015 年 10 月 15 日深夜于北京寓所泪洒诗行

您一生默默无言

——以此纪念发小仙逝的老爸

望着您英姿飒爽的遗像

仿佛随您回到硝烟的战场

盛世中您默默无言地坦荡

往事如烟在梦中飞扬

如今您已经儿女成群侄孙满堂

逝去的容颜依然是心满意足的模样

心中的您一定在想那些苦难的时光

今非昔比一定是生活在人间天堂

您仙逝的那天日月隐藏

天空阴沉得如浓稠的灰浆

灵堂上您军姿的脸庞俊朗

依然向注目您的亲人期望

埋葬您的时候景象凄凉

天空突然有零星的雪花飘荡

仿佛盛开天堂的茉莉花普降

对您无语的一生散发着幽香

伫立一堵墙的光芒

——献给那些难以忘怀的激情岁月的知青们

我出生在鸭绿江的岸边村庄，隐隐约约记得小的时候，经常在江边踩着鹅卵石捉鱼摸着蝲蛄（江里的龙虾），后来，来了一群大哥哥大姐姐，他们教我背诵唐诗宋词元曲清律，那些美好的回忆迄今模模糊糊，时远时近，如同我为该诗定名一样，伫立一面墙的光芒还是伫立一堵墙的光芒都不再重要，而重要的是那是墙，而不是堤坝；堤坝的作用是拦截；而墙则是有高度的，有高度就会有能量，有能量就会有光芒！

伫立一堵墙的光芒

——献给那些难以忘怀的激情岁月的知青们

我居住的村庄旁边有一条江

祖祖辈辈流淌着古老的希望

每当洪水泛滥着的季节

这里的花儿都垂下了翅膀

汹涌的江水像呼啸而来的汪洋

奔腾着压抑的愤怒冲向了村庄

随后江面上飘浮起一具具躯体

就连打捞的人们也垂下了脸庞

几年以后春风荡漾着花香

江边来了一群知青安营扎寨地徜徉

他们对围观的人们口若悬河地讲：

我们要在这里伫立一堵墙的光芒！

周围的人们在困惑中迷茫

这么湍流湍急的大江大水

自古以来没有谁能拦截阻挡

一堵墙就能挡住它的流淌？！

知青们笑的是那样充满自信的欢畅

他们拥有一股惊天动地的决心和力量

他们说：一堵墙能储存很多很多的江水

他们说：一堵墙能让白天的太阳在夜晚闪光！

几年之中的迎来送往

我常常出现在他们集结的营房

他们常常给我梳根小辫子戴上一朵花香

他们常常给我讲童话教我唐诗宋词三百首吟唱

几年以后一个天寒地冻的晚上

几辆卡车碾压着积雪带走了那枚碎心的月亮

那堵墙在默默地望着他们的背影含泪忧伤

我守在那堵墙的旁边听妈妈讲遥远的故乡

从此，这堵墙伫立起了一份守望

墙里的江水缓缓地花朵般的流淌

从此，这堵墙逾越过了一首歌唱

湍急的江水一泻千里地奔向大海的东方

从此，生活在大江两岸的村庄

和忙碌在深山密林的山寨木场

一堵墙给他们的生活坚实的肩膀

一束光芒将他们的希望瞬间照亮！

可是就在知青们走后的山坡上

又增添了一处新土翻盖的坟场

墓碑上那些照片都是青春亮丽的模样

坟墓的周围依然有星星点点的野花绽放

多年以前的岁月凄凉

我是一个生活在这个江边的小姑娘

那时候的我只有迷茫没有多少思想

知青们的离去使我充满了无限的想象

多年以后的短暂时光

我又一次回到这个生养我的地方

当我又一次站在那堵墙下的时候

抚摸墙面的手指已经在颤抖中抠破心旷

于是，我情不自禁地奔向山坡的墓场

那里有我儿时记忆里停滞的影像

我来到那几座坟墓荒芜的山坡上

我思念的那堵墙啊在意念中瞬间塌方！

望着山脚下伫立的这一堵光芒四射的墙

我深情的怀念仿佛开闸的江水刹那流淌

那是因为许多年以前的情怀还没有释放

奔涌而出的泪水打湿了雪白雪白的衣裳！

流浪者的故事（叙事长诗）

——写给那对冲破婚姻阻扰而离家出走的年轻人以及那段动荡年代落荒而逃的一部分流浪者。

我小的时候，一直把"流浪者"与乞丐联系在一起，一直把"流浪"当成是漫无目的的飘荡……；后来，随着我的逐渐长大，随着"流浪者"们身份的逐渐清晰，我逐渐弄懂了流浪者"流浪"的寓意和广泛……；我要讲述的是几十万流浪者中的普通一对，迄今还生活在这片神奇而又肥沃的土地上。而今，生活在那里的人们随着南方的开放，东西方的开发以及北方的逐渐萧条，他们蜂拥南下，于繁华深处重建家园。也许，我再次修正这首诗的含义和价值虽然不能说明什么问题，但也许会带给你一份深深的眷恋和思考……

流浪者的故事（叙事长诗）

——写给那对冲破婚姻阻扰而离家出走的年轻人以及那段
动荡年代落荒而逃的一部分流浪者。

你，一个优越的南方男子

一张不屈的英俊脸庞闪闪发亮

你疲惫的胳膊还要扶持着

一位步履艰难的美丽姑娘

那片长着茅草开着野花的荒原

在裸露着青铜肌肤的黑土地身旁

你停下来喘息着栖息

默默地打量着面前的女子脸庞

她，一位清秀的南方女子

有着一张倔强的脸庞

和一双清澈的目光

她紧紧地偎依在你的身旁

短暂的目光交流

深情的点头凝望

你们会心地仰天呼喊

从此留在了这片荒无人烟的土地上

燃烧的草灰作为耕田的肥料

脊背深深打着一条烙印的疤伤

垦荒，打垄，播种大豆高粱

在春天你们播撒丰收的希望

春夏秋冬的酷暑严寒在冷热无常

昆虫毒蛇是你们草屋的常客来往

树枝抽打的是揉虐你们的偏见思想

脱俗的目光横扫一切尘世雾霾的阻挡

漫山遍野裸露着刺眼的雪亮

仿佛向你们昭示寒冷的宣讲

你象童话里才思敏捷的王子

盖起了一座晶莹剔透的木房

此时此刻的她——美丽的公主

枕着狂风的呼啸在梦境里飞翔

火堆跳跃着温乎乎的火苗

催眠着她进入甜蜜的梦乡

她在梦中欢呼跳跃

她在喜悦中泪花飞扬

因为她梦见有了一座漂亮的房子

那是她放飞出去的不断的幻想

而你却披着一身的月光

此时此刻你手握一把钢枪

眨着困倦的眼睛静静地注视

守候在豺狼出入的洞穴旁

风来了，你们将单薄的衣衫互相推让

雨来了，你们将温暖的身躯互相遮挡

雪来了，你们的胸膛都想挡住对方的寒流

彼此的热量融化彼此冰冷的心房

面对贫困的糟糠生活度日如年

你们坚强不屈地挺直腰杆和脊梁

面对饥荒的天灾人祸匮乏的空荡资粮

你们忍辱负重地担当着承受苦难的城墙

你们向愚昧的庸俗示现坚强

你们向恶劣的自然挑战限量

你们收获饱满的粮食嘲笑饥荒

你们收获丰硕的果实对峙失望

岁月的光芒是放射紫外线的太阳

给黝黑的肌肤镀上了一层铜色的辉光

补丁的衣衫紧紧地裹住你们携手共创

不甘退缩不甘绝望不甘屈服的相伴影像

在你们流血结痂的躯体上

你们的目光在交流中增长

你们的心灵在碰撞中芬芳

那是一股潜流着隽永内涵的力量

面对着属于你们的荒芜世界

手拉手郑重地宣读了你们的理想

生命、爱情、信念、未来留在这里埋藏

深深地扎根在这片你们开垦着的土地上

逐渐逐渐逐渐地你们不再孤芳自赏

因为有一群在那个动乱年代逃难而来的老乡

他们始终不说任何受苦受难受迫害的抱怨话

他们沉默寡言和你们一起留在了这片土地上

于是增添的几十双手紧紧相握

共同传递太阳蒸发土地的热浪

增添的几十双眼睛炯炯有神地探索

一个个光环流动的思维空间和神奇的能量

你们仿佛是这片土地上守夜的更夫

智慧是更板，求索是更棒，昼夜巡防

敲开了尘封已久的心扉，敲动了微弱的脉搏

敲醒了沉睡着的梦境，敲亮了该醒来的门窗

你们以流浪者的身份担当起了主人的形象

你们在这片土地上伫立起渴望已久的瓦房

覆盖起了向往已久的宛若土楼的硕大粮仓

矗立起精彩生活的电视天线和琴弦弹出的悠扬

从此你们笑的眉开目展

从此你们笑的由衷舒畅

你们笑着回想那些风雨同舟的激情岁月

你们笑着憧憬未来美好时光的幸福远方

当一双儿女翩翩降临在你们身旁

你们又一次注视着对方泪流成行

你们紧紧地偎依着彼此的肩膀

坐在一株记载着你们树的年轮上感伤

男孩酒窝里装满一个个丰圆的遐想

女孩蝴蝶结上停着一个待飞的希望

你们看着笑着在欢声笑语中沉醉爱的芳香

你们看着哭着在千疮百孔中迷失情的奢望

泪水打湿了繁花似锦的树叶

打湿了你们心若磐石的坚强

不为曾经战胜的冷酷胆战心凉

不为曾经鄙视的狰狞担当不让

你们又一次紧紧地拥抱在一起

捧着彼此的脸庞凝视彼此的模样

女子的你曾经的黑发飘飘已经白雾茫茫

男子的你曾经的拗硬胡茬已经雪染风霜

顷刻之间你们的思念奔涌流淌

你们这是无数次想起了亲人的远方

那个熙熙攘攘车水马龙的江南城墙

那个四季如春气候宜人的江南水乡

豹皮上沾满你搏斗时留下的血斑记忆

榛树下摘走你们期待着蘑菇一般撑开的愿望

装进包裹的一切凝聚着你们的甘甜与梦想

温馨着你们艰难生存和超越极限的点滴月光

邮递员带走的是远方儿女寄托的一片真诚景象

面前的一双儿女在懵懂中惊诧了眼睛的目光

爸爸妈妈不是说遥远的地方没有亲人了吗？

寄出了这么多的山珍野味到底是给谁的礼赏？

是啊，你们曾经告诉面前的一双儿女假象

遥远遥远的家乡是早已没有亲人的地方

爸爸妈妈在哪哪里就是你们的家乡

那是一份深深埋藏的幽怨和折断的念想

终于有一天，关里的鸿雁飞出关外落在你们的门旁

你们欣喜若狂地将信件颤抖的捧在手上

"回来吧回到家乡！生活在那里只能是流浪！

带着你们的小燕子飞回理解和接纳你们的家乡！"

你们又一次心潮澎湃地激情荡漾

你们又一次热泪盈眶地梦回家乡

心潮澎湃的仿佛跌宕起伏的大海浪

热泪盈眶的宛如雪花覆盖在土地上

你们向着家乡的方向跪拜叩谢心生敬仰：

"中国的南方、北方都应该同等富强！

我们曾经是流浪者而今这里却是我们扎根的地方！

我们的名字早已登记在国徽闪烁的户口簿上！"

图书在版编目（CIP）数据

黑丫诗歌作品集：全5册 /黑丫著. － 北京：

中国文联出版社，2015.12

ISBN 978-7-5190-1035-5

Ⅰ．①黑… Ⅱ．①黑… Ⅲ．①诗歌－中国－当代

Ⅳ．①I227

中国版本图书馆 CIP 数据核字 (2015) 第 320572 号

黑丫诗歌作品集：你是我青藤爬满栅栏的家园

作　　者：黑　丫

出 版 人：朱　庆

终 审 人：奚耀华　　　　　　　复 审 人：王　军

责任编辑：顾　苹　　　　　　　责任校对：张铁峰

封面设计：陈董佳　　　　　　　责任印制：陈　晨

出版发行：中国文联出版社

地　　址：北京市朝阳区农展馆南里 10 号，100125

电　　话：010-65389144（咨询）65067803（发行）65389150（邮购）

传　　真：010-65933115（总编室），010-65033859（发行部）

网　　址：http://www.clapnet.cn

E － mail：clap@clapnet.cn　　　　　gup@clapnet.cn

印　　刷：北京瑞象今日印刷服务有限公司

装　　订：北京瑞象今日印刷服务有限公司

法律顾问：北京市天驰洪范律师事务所徐波律师

本书如有破损、缺页、装订错误，请与本社联系调换

开　　本：710×1000　　　　　　　1/16

字　　数：2500千字　　　　　　　印　张：50

版　　次：2015 年 12 月第 1 版　　印　次：2015 年 12 月第 1 次印刷

书　　号：ISBN 978-7-5190-1035-5

总 定 价：235.00 元（全 5 册）